JN094838

愛ランド紀行

―バミューダ・トライアングル―

二神徳子

文芸社

目次

プロローグ

この文明の発達した社会においても、未だ解き明かされず不可解な謎とされ、夢とロマンを呼ぶ事柄が幾つもありました。

〝バミューダ・トライアングルの謎〟も、その一つでした。

バミューダ、フロリダ、プエルトリコを結ぶ三角形の水域一帯は、いつの頃からか、〝魔の三角地帯〟と呼ばれ、不帰の海として知れ渡っていました。

噂に恐れをなして、今では、その一帯に近づこうとする船はありません。

暴風雨に翻弄され、不運にも魔の海域に引き寄せられて行ったとおぼしき船は、いつも行方知れずとなっており、謎は深まる一方――。

未だ、真実を伝え得る人は誰一人としていないのです。

勇気ある者は、飛行機で上空からの偵察を試み、謎の解明を図ろうとしました。

けれども、その付近に近づくと、レーダーに異常をきたして、引き上げざるを得ません。

それでも果敢に飛行を試みた者は、必ず行方知れずとなっていたという事です。

主な登場人物

エリック（フライングドクター）
〈愛ランドの住人〉
ゲイリー（長老）
ジョイス（長老の妻）
ルナ（長老の長女）
　ジミー（ルナの夫）
　グレイス（ルナの長女）
　ジェニファー（グレイスの長女・ゲイリーの曽孫）
サニー（長老の長男）
　スニーン（サニーの長男・ゲイリーの孫）
　モニカ（スニーンの許嫁）
　コニー（サニーの長女・ゲイリーの孫）

Ⅰ　ウエルカム トゥ 愛・アイランド

（WELCOME TO〝AI〟ISLAND）

〝空《フ》とぶ《ライング》ドクター〟と呼ばれ、皆から親しまれ、忙しい毎日を送っていたエリックはその日、往診を終え解放された気分で、愛用のセスナ機を操縦。少しばかり空の散歩を楽しんでいました。

突然エア・ポケットに落ち込んだと思った途端、エリックは不覚にも——そんな事はかってない事でしたが——フゥーッと一瞬、意識を失ってしまっていました。

気が付いた時、飛行機は雲海のただ中。慌てて操縦桿を握り直し、必死の思いで飛行を続け、やっとの事で雲の塊から抜け出す事が出来ました。

ホッとして窓の外に目を向けると、前方に島影が見えます。はて？　こんなところに島があるとは——。

急いで位置の確認をすると、どうもあの〝魔の三角地帯〟のただ中なのです。

そして高度は、ぐんぐん下がっているのです。

「——オオッ！　マイッ——」

慌てて、機体を上げにかかりましたが、操縦桿を引いても、引いても、まったく手ごたえはなく、下がる一方です。今や、失速していくセスナ機に身をまかせるしかありません。

「ああ、神さま!!!」

エリックは思わず叫んでいました。

もはや懺悔の時間とて残されていないようです。

「ありがとう! この世に生まれてこられて、本当によかった!」

エリックは感謝の気持ちいっぱいに、心底から言うのでした。

その時、

〈ウエルカムトゥ愛・アイランド〉

(WELCOME TO〝AI〟ISLAND)

目前に迫った緑の島に、そんな字句を見たような気がしました——。

——ここは???——。

どうやら、気を失っていたようです。前方に、虹の橋が見えました。

――夢か？　それとも現《うつつ》か？――。

――いやいや、ここは天国に違いない――。

エリックは目をこすりながら愛機の扉を開け、その虹の橋に向かって進んで行きました。

「ようこそ、愛ランドへ！」

「お待ちしていたのですよ！」

どこから出てきたのであろうか、にこやかに迎えてくれる顔と顔。

「エッ!?　どうして？　僕を？」

目をパチクリさせ、棒立ちになってしまったエリック。

「さぁ、こっちよ」

女の子が歩み寄り、サッと手を取って、広場へと案内してくれます。

「まあまあ、ようこそ」

人々はみな、歓迎の意をもってエリックを迎えてくれているようでした。

「お怪我じゃなくって？　どうぞ」

少しばかりおぼつかないエリックの足どりを察して、心配気に席をすすめてくれます。

「ハ、ハイ、大丈夫です。あのうー、ここは？」

エリックは遠慮気味に、そっと聞いてみました。

「オッホッホ、〝愛ランド〟とでも、呼びましょうか」

「――――アイランド？」

「〝愛の島〟さ。人々が今や失いつつあるかけがえのないもの、それは〝愛〟。ここには、その〝愛〟が満ち溢れている」

「愛、あい、アイ・ランド――――？」

エリックは余計に考え込んでしまいました。

しかし、その優しい響きに魅せられていたのです。

「今にわかる。ゆっくりしていくがいい」

島の長らしい老人が言葉を添えました。

長老の言葉を受けて、傍らの若い男が言いました。

「さぁさぁ、あなたも今からこの愛ランドの住人ですよ」

「仲間に入れていただけるのですか？」

エリックは聞きました。

「もちろんですとも」

まだ少女らしさの残る愛らしい娘が言いました。

「私、モニカ。何とお呼びしたらよろしい？」

「ああ、僕はエリック。素敵な〈愛ランド〉の仲間に加えてもらえるとは、なんと幸せな！」

「本当にそう思いますか？　そうなれるもなれないも、エリック、あなた次第ですよ」

そう言ったのは、いかにも聡明そうな男でした。

「そ、そうですね、でも、こんな素晴ら――」

「ハッハッハ、物事をよく見極めないうちに言う事は、いけませんね。確かに、ここは素晴らしいところです。素晴らしい仲間たちです。けれど、それはあなたが実際に接し、実感出来た時、初めて言える事でしょう。どうぞ、こだわりのない心で物事を見、接して真実の幸せを感じ取って下さい。

幸せは、働きかける者には必ず寄って来てくれます。けれど、とても控え目で恥ずかしがり屋です。それを感知出来るのも、迎え入れ、更に大きな幸せとして育んでいけるのも、その人次第だと思います」

「そうでした。自分でなんら積極的な働きかけもせず、勝手な憶測で物事をはかり、期待し待つのみでは、せっかくの幸せも逃げていってしまいます。失望が残るのみですね。幸せは自分で創り出すものでなければ、本物の幸せとはなり得ないですね」

「そうです。間違いの元は、失望の元は、そこから生まれるのです。それだけわかっておられれば、何の心配もない。ねぇ、皆さん？」

男はエリックに、そして皆の同意を求めるように言いました。

「ああ、私たちの目に狂いはなかった」

「えぇ、えぇ」

「よかった、よかった」

皆は、嬉しそうに、目と目を見合わせて言うのでした。

その喜びようが、エリックにはよくわかりませんでした。

「あのーぅ――」

「いやね、正直なところ、お話ししましょう」

「？　？　？」

「ま、ゆっくりここに座って」

エリックは、言われるままに泉の傍らに腰を下ろします。

「どうぞ、エリックさん！」

しずしずと銀の杯に泉の水を汲み取って、別の女の子が持ってきてくれました。

「ありがとう。君の名前は？」

「ジェニファー」

歌うように答える少女でした。

「甘露の水。歓迎の印です。どうぞ！」

母親らしき人が、言葉を添えます。

エリックは皆の見守る中、杯を口にしました。甘露の水は、コロコロと舌を転げるようにして、乾いた喉に心地よく滑り込んでいきます。

「美味しい！　まさに甘露、甘露です！」

「よかった。あなたには、ここの水が合ったようです。安心しました」

〝パチ、パチ、パチ〟

周りから拍手が起こりました。

「ほら、皆、あんなに喜んでいます。あなたは、受け入れられたのです」

見回すそこここから、ウインクが返ってきます。

「ありがとう、皆さん！」

エリックは、杯をかかげて皆の歓迎の意に応えます。

「わかりますか、どうして、あなたが皆から受け入れられたか」

傍らに控えていた青年でした。

「いえ、あの――」

口ごもるエリックに、青年は言いました。

「ジェニファーが持ってきた水を、あなたは何の躊躇もなく飲み干しましたね」

「ええ」

「そう、何の疑いもなく！」

〝はい〟と、もう一度大きく返事をします。

何かわかったような気がしないでもありません。

エリックが一人頷くのを見て皆は、〝そうだよ、そうだよ〟と言うように頷き返してくれるのです。

「〝信じて疑わない事〟、それはここに住むにふさわしい人としての条件の一つだ。そして、如何なる事にも感謝の気持ちをもって対処出来る事。君は、あの墜落の寸前に於いて、心から〝ありがとう〟と、言えたね」

まるで見知っていたかのように長老が言いました。

「次に、他に惑わされる事なく、いつも変わらぬ豊かな心を持ち続け、かつ常に前進を試みる勤勉さと勇気の持ち主であるという事。皆は、君の中にそれを見たのだ」

「私達にとっても、それらは、常に心に留め置き忘れてはならない事なのです」

もう一人の男が言いました。

「私達は、客人を呼ぶ事で、それを思い起こし、かつ広く伝えていきたいものと願っているのです。私達は、もう永いこと〝愛のメッセンジャー〟たるにふさわしい者を、見いだし得ませんでした」

「〝愛のメッセンジャー〟って？」

気負い込んで言うエリックに、長老は言いました。

「急いで知る必要はない。じっくりとこの愛ランドを楽しみなさい。そのうちに君はきっと、それが何であるかを知るだろう」

「は、はい」

「みんなは君が、〝愛のメッセンジャー〟たらんとしているのを、あたたかく見守ってくれるに違いない」

「そうとも。まずは、ゆっくりと、日頃の疲れを癒《いや》されるがいい」

「そうです、そうです」

「そろそろ夕べのスペクタクルの始まる頃。さぁさぁ、ご一緒に」

Ⅱ　歓待

日は傾き、島中を黄金色に染め始めていました。どこからともなく流れてくる微かなメロディ。その高く低くたゆたうような調べは、心の琴線に触れ、体の中を吹き抜けていくようでした。

人々は、ちょっとの間、耳をそばだて、静かに祈るかに見えました。

エリックも思わず頭を垂れていました。

「我々、大海原のただ中に住まう者にとって、このひと時ほど敬けんな気持ちになれる時はありません。皆、とても大切にしているのですよ」

くだんの青年は、頭を上げると言いました。

「――――」

エリックは、感動ですぐには言葉が出てきません。

「ねえ、スニーン?」

共に頭を垂れていたモニカでしたが、何やらスニーンに耳打ちすると、そっとその場を去っていきます。

豊かに時は流れていきました。

「紹介が遅れたね。僕、スニーン。どうぞよろしく」

「こちらこそ。僕、まだ何が何やらわからなくって——」

「ハッハハッ。まずは、ゲスト・ハウスへ」

そこへ、モニカが戻って来ました。

「用意整ってよ、スニーン。エリックさん、この右手のかん木の奥のゲスト・ハウスが、あなたの住まいです。ご自由にどうぞ。私のところは、そこからちょっと入った池の辺り。お食事、ご一緒しましょう。スニーン、お願いネッ」

「ああ」

「じゃ、待ってますよ～」

モニカはそれだけ言い残すと、また小走りに帰って行きました。

「ああ、モニカ、すぐ行くよ」

二人は、恋人同士だったのです。

嬉しそうに手を振り恋人に応えながら、スニーンは言いました。

「ぼくら、もうしばらくすると、一緒に暮らせるんです」

「それは、それは。おめでとう。いいのかな？　お邪魔して？」

「何を言うんだ、大歓迎さ。遠慮は禁物」

「そうか、では喜んで」

「じゃあ行こう、モニカに気をもませないようにね」

エリックは心弾む思いで、スニーンと共に歩き始めます。

「ここでは、誰に気兼ねもいらない。思いやりの心さえ持ち合わせていれば、きっと楽しくやって行けると思うよ――」

木立の奥に、モニカの家はありました。

妖精の水飲み場のような、小っちゃな池の辺りに建つ、何とも愛らしい家でした。

モニカは家の前で待っていました。

「早く。スフレがそろそろ食べ頃なのよ」

「ごめん、ごめん」

スニーンはエリックを先にたてて、押し戸を入って行きます。

「お客さまを、お連れしましたよ」

「おお、スニーンか。どーれ」

窓際のカウチから声が返ってきました。

「おお、よく来た、よく来た。久しぶりの遠来の客人だな」

「さあ、始めましょう」

スフレが食卓に並び、賑やかにディナーは始まったのです。

「モニカの料理の腕も日増しに上がってきた。さあさ、どうぞ」

父親は上機嫌で、娘の料理をエリックにすすめます。

父親が娘を愛おしいと思うのは、どこでもかわりのない事のようです。

「ウッフッフ。スニーン、ど〜お？」

「すごいや！　エリック、美味しいだろう？」

「あーら、スニーンったら。押し売りしちゃ駄目よ」

「うーん旨い！　舌がとろけてしまいそうだ。スニーンは幸せ者だな」

「ああ」

「おっ、ぬけぬけと言う」

エリックはすっかりくつろいだ気分で、もうずっとずっと前からの知り合いのように一家の人達と話していました。

香り豊かなサングリアに、少しばかり酔ったようでした。夜風が心地よく、火照った頬を撫でていきます。漆黒の空を飾る星々は燦然として、まるでダイヤモンドのようです。

「さっ、ゆっくりと休みたまえ、エリック」

「ありがとう、スニーン。お休み！」

ゲスト・ハウスに送り届けられたエリックは、干し草の香りかぐわしいベッドに入ると、すぐに軽い寝息をたてて眠りについていました。

Ⅲ　エデンの園

「〝ピッ、ピッ、ピ――〟、エリック！」

窓辺でコマドリが呼んでいます。

「アレッ？　ここはどこだっけ――」

「お寝ぼけエリック！」

〝コツ、コツ〟、叩くのは、アカゲラです。

〝ウーン〟

大きな背伸びをすると、エリックは潔くベッドを離れました。

「うん、そうだっけ。ここは愛ランド――。さーて、今日は、少し島の中を歩いてみよう」

エリックは用意されていた食事を済ませると、外に出て足の向くまま歩き始めました。林を通り過ぎると、丘に通じるとおぼしき道となっています。

「そうだ！　丘に登れば、きっとこの愛ランドが一望出来るに違いない」

エリックは鼻歌まじりに、その道を頂上に向けて登って行きます。コマドリの兄弟が、後になり先になりしてついて来ます。

「ねえ、どうだい、エリック？」

「うん、最高だね。空気は旨いし、この草の匂い、たまらないや」

「だろう。そら、もう一息で頂上だよ」

「おーい、早く早く！――」

コマドリは、先に飛んで行ってしまいました。

「待ってくれよ〜。うわぁー素晴らしい眺望だ。どの家もそんなに大きくはないけど、木々の緑に守られるようにポツンポツンと建っている。それに続くは、限りなき緑の原かぁ〜。住まいっていうのは、本当はこうして〝自然の中に溶け込んで住まう事〟なんだな。

アッ、あそこは学校に違いない。教会に、ほーうっ、牧場も。ややっ、大きな水車だ。懐かしいなぁ。おっ、風車も。ここでは、大自然の力を余すところなく活用してるんだなあ」

驚きと賞賛の言葉が口をついて出ていました。

「決して大きい島とは言えないけど、自然の中に人々の暮らしをうまーく溶け込ませ、素晴らしいハーモニーを作り出している。こんなに心安らぐ島、見たことないな」

愛ランドの全貌をゆっくりと見終わって、エリックは言いました。

「そうですよ。愛ランドの人々は、常に自然と〈よき友〉でいようと心がけているからね」

誇らしげに兄コマドリは耳元で囁きます。

「だから僕達だって、こうして愉快に歌ってさ、喜んでもらえるんだっ」

弟コマドリは、いかにも嬉しそうに高らかに歌い舞いました。

「まさに〝エデンの園〟だな」

「ああ、そうさ」

「ねえエリック、そろそろ行かないか？」

「うん、そうだね」

エデンの園に朝の光は満ち溢れ、人々の活気ある一日が始まろうとしています。エリックは、ゆっくり歩き始めていました。

Ⅳ　愛のメッセンジャー

「今度は島の人々の暮らしぶりを見せてもらいたいなあー」

「ＯＫ！」

「ついておいでよ」

コマドリ兄弟は〝まかせて〟とばかりに、先にたって飛んで行きます。

「こんにちは！」

「こんにちは！」

「お気に召しまして、愛ランドは？」

「ええ、ええ、それはもう」

「何か困った事はないかい？」

「ありがとう。何も――」

会う人、会う人、気軽に声をかけてくれます。気さくで、気持ちのよい人達ばかりです。

「こんにちは、見事に育っていますね」

畑で作業している人を見つけたので、近寄って行き、今度はエリックの方から声をかけてみます。かなり年輩の男です。

「おや、エリック、早いね」

皆、まるで旧知の仲のように親しげです。

「どうして皆さん、僕の事をこんなにも——」

エリックには嬉しくもあり、ちょっとばかり不思議にも思われました。

「我々は、もう永い事〝愛のメッセンジャー〟を迎えることができなかった。待ち望んでいたんだよ。今、皆は、君こそそれだと。今度こそ、本物であろうと。だから、あたたかい目で見守っているのさ」

「あの——少し、話してもいいですか？」

男からもっと聞きたくて頼んでみました。

「ああ、いいとも。ここに座るかい？」

「ありがとう。あの——、僕が、その〝愛のメッセンジャー〟って？」

昨日耳にした事を、今また言われて気になってしかたがありません。

「うん。そうか、知りたいか」

男は、話しだしました。

「たぶん君は、この愛ランドに呼ばれて来た経緯を、理解し得ないだろうね」

「呼ばれて？　僕が？」

「ああ。我々は、この愛ランドに大事に育まれている〈愛の芽〉を、移植してもらいたいと外に向かって盛んに呼び掛けていた。君は、我々の呼びかけに同調し得たわけさ。昔はそれでも、君のように真摯な客人を迎えることがあった。そして彼らは〝愛のメッセンジャー〟として育って行った。それがいつの頃からか、途絶えてしまってね」

「また、どうして？」

「そうだね――小心者が増えたからだろうか。せっかくの招待を、フイにしてしまうんだね。誰も、虹の橋をくぐって入ってこられなくなってしまった。それでも我々は、根気よく呼びかけをしていた。そして、君は――」

「そうなのか――。僕がどうしてここに来られたのかよくはわからないけど、愛ランドに来られて、本当によかったと思います。自分達の失いかけている何か大事なものに、出会えたような気がするのです。うん、まだまだいっぱいあると思うな。そんなもの全てを感じ取って皆に伝え広めなくては。そうか、メッセンジャーか——うん、そのために呼ばれたんですね」

男へというより、自分自身に語りかけるように言うエリックでした。

「おお、エリック！」

男は、嬉し気にエリックの手を取った。

「君の目で、見て、聞いて、感じた事を、そのまま伝えてくれさえすればいいんだ」

「ハイ。しっかりと目を見開いて、見ていきたいと思います」

「そうしておくれ、心の目を開いてな」

「ハイッ！」

エリックは何かとてもワクワクしてきました。そのはやる心を、読みとったかのように男は言いました。

「肩の力を抜いて、ゆったりとした気分で見ておいで」

「はい、そうします」

二人は、おもむろに腰をあげました。

「そら、もぎたてだ。ガブリといってごらん」

男は、真っ赤に熟《う》れたトマトを摘み取ってくれます。

「ウーン、なんて美味しいんだろう！」

「そうだろう。自然の恵みを、余すところなく受けて育ったんだからな。我々は、自然に則した生活を営む事を鉄則としている。それが、成せる業なのさ。ま、君達のところでは、それを望んでも難しい世の中となってしまったようだけどな」

「そうなんです」

深い吐息をつくエリックに男は言いました。

「我々との断絶が長過ぎたね。だけど、そう悲観する事もないだろう。今からだって遅くはない。君が、〝愛のメッセンジャー〟たり得ればよいのと違うかな？　愛ランドの意志を感じ取って持ち帰り、実践していくならば、きっと共鳴する者が現れて来るに違いないからな」

「そうでしょうか？」

エリックは少々頼りなげに言いました。

「もちろんだ。自信を持ちたまえ。それと、何事も根気を持ってする事を心してな、エリック」

「そうですね。ありがとうございました。僕、もう、そろそろ――」

「行くがいい。行って、見ておいで」

エリックは、川上に見える学校らしい建物を目指して再び歩き始めました。

V　若い芽

丁度休み時間らしく、校庭からは元気な声が聞こえてきます。

「あっ、エリックさんだ！」

いち早くエリックの姿を見つけ、飛んで来たのは、昨日泉の水を汲んでくれた女の子、ジェニファーでした。

「えっ、エリックさん？」

エリックは、瞬く間に子供達に取り巻かれていました。

「ねえねえ、聞かせて下さい。エリックさんの国の事」

「僕の国の事？」

「そうです。私達学校で学びました。いろんな事」

「ほうー、じゃあ反対に聞かせてくれないか。どんな事を習ったのか」

エリックは、自分達がここでどんな風に語られているのか、とても興味がありました。

「だって――」

反問されて子供達は戸惑っています。

「こんにちは、エリックさん」

「あっ、コニー先生――」

子供達は、助っ人現るとばかりに叫びました。

「さあさ、今日は、エリックさんをお迎えして勉強しましょう」

「ワーイ!」

「やったー」

「エリックさん、そうお願い出来ませんか?」

「喜んで」

子供好きのエリックにとって、それは願ってもない事でした。

「エリックさん、こちらで~す」

子供達は、エリックの手を奪い合って教室へと案内して行きます。

「ほーう」

外観は何の変哲もない学校の造りですが、中の教室の設備はなかなかのものでした。

「まあ、ご覧下さい」

先生は生徒達が席に着くと、沢山のボタンの並んだスイッチ・ボードを操作にかかります。

ライトが落とされ、〝パッ〟と壁面いっぱいに大海原が映し出されました。それがどんどん展開されていき、次第に地図の様相を呈してきました。

「私達がこの目で実際に見る事の出来る範囲は、本当に限られています。海の真っただ中の小島に住む私達。目にするものは海ばかり。けれども遥か彼方には、こんなにも広い世界があるということを、いつも心に留めておかなければなりませんでした。

私達も、その一員なのです。関わりがないといって、無関心であってはならないのです。世界中で今何が起こり、また何が問題とされているか、みんなちゃんと知って、真剣に考える事をしています。そうでしたね？」

生徒達は、大きく頷きました。

「エリック、ここに来ればいつでも全世界の今がつぶさにわかります。例えば、ロンドンでは――」

世界時計をちらっと眺めて、子供達は言いました。

「夕方のラッシュが始まっていまーす」

「見てみましょう」

〃パチッ〃

フォーカスをロンドンに合わせて、グーッと入り込んでいきます。すると夕闇にくすんだ町並みが出てきました。たしかに帰りを急ぐ車や人で賑わい始めています。

「ほら、ビッグ・ベンよ！」

子供達は手を叩きます。時計は夕方の五時を回って、更に刻々と時を刻み続けています。

「どうぞお好きなところを映し出して、子供達に話してやって下さい。エリック」

度肝を抜かれているエリックを促すように、コニー先生は言いました。

「これでは、私の出る幕はありませんよ」

「いえいえ、ぜひ生きた話を、生徒にしてやって下さい」

躊躇するエリックに、コニー先生は気を利かせて、映し出される画面を動かしにかかります。高層ビルの建ち並んだ街が――ニューヨークです。密林の中を大河が――アマゾンに違いありません。

コニー先生は、アトランダムに画面を切り替えていきます。

〝パチッ〟

そこには、不穏な空気に包まれた古都が映し出されていました。闇に包まれ鎮まり返ってはいますが、一触即発の感がします。

「あのー、そこで」

コニー先生は頷いて画面を静止させました。

「君達も、もう知っているだろう。ここで行われていることを。平和な愛ランドに住み、溢れんばかりの愛に包まれている君達には、どうして人々があああしていつまでもいがみ合っているのか、理解しがたいことだろうね。いや、私にだって――。しかし、悲しいかな、私達はこうしていつも、どこかで醜い争い事をしているんだ」

エリックは思わず話し出していました。

「きっと戦争なんて、この島では無縁な言葉だろうけれど、君達は、どう思う?」

「馬鹿げた事でーす」

子供達は皆、声を揃えて言いました。

「そうだね。でも、どうして、そんな馬鹿げた事をするんだろう？」

「ハイッ、みんな自分達の事ばかり考えて、他の人の事を思いやらないからだと思います」

「みんな自分が一番になって、威張りたいんだ」

「うん、みんな一番が好きなんだね。一番になりたいばかりに、馬鹿な事をするのさ」

「大切なものを、無くしてもね」

「そうさ、何もわかっちゃいないのに、比べて羨《うらや》んだり妬んだりして、喧嘩し取りあいっこ、馬鹿げているよ」

「みんな知らないんだ、本当の事。何が、一番大切かって」

「僕達こうして、世界のいろいろな国々の事を見ながら勉強出来るの、とても幸せだと思います。本当の事を知ることが出来ますから。物事を公平な目で見る事が出来るのだと思います」

「そして、冷静に捉えることも。だから、ちっとも他のもの、他の人達の事を、羨《うらや》ましいとも思いません」

子供達が熱っぽく話すのを、エリックは一つ一つ頷きながら聞いていました。

「自分達のものをもっと大切にして、大きくして、分けてあげればいいのよ」

「そうですね。知るということは、とても大切なことです。知れば知るほど、謙虚になれるでしょう。人は皆一様に、幸せを与えられているのです。それを育む事が出来るかどうかで、不幸にも、より幸せにもなれるのです。与えられたものに感謝する事を忘れず、他を羨《うらや》むことをせず、そして他の人の事を思いやる心を失わない限り、私達はいつまでも幸せでいられるでしょう」

コニー先生はそう締めくくると、教室の皆を見回し、エリックに笑みを向けました。

Ⅵ　愛ランドの物語

エリックは、その午後ずっと、子供達と共にする事を許され、大いにいろいろな事を学ばされたのでした。

「愛ランドの人達が皆穏やかで幸せそうなのは、小さい頃からこうして育まれていくからなんですね。コニー先生」

「そうかもしれません。そして、それをあたたかく見守る事の出来る家庭があり、社会だからでしょうね」

「うん、そうですね、けど――」

悲しいかな、それらは全て、自分達の失いつつあるものであるような気がして、エリックは言葉に詰まりました。

そんなエリックに、コニー先生は優しく言いました。

「エリック、この島にも歴史が、今の愛ランドへと至る歴史があるのよ。お知りになりたくはありませんか?」

「〝愛ランド〟へ至る道ですね。ぜひ!」

「今ではこんなに活気溢れる愛の島ですけど、昔は、人々の住まない無人島だったんです。自然の恵みに満ち満ちた、愛の島には違いなかったそうですけどね」

「へえー」

「いかがです。家にいらっしゃらない？　きっと祖父がそんな昔話をしてくれるでしょう」

エリックは一も二もなく、コニー先生の誘いに従って、ついて行きました。

迎えてくれたのは、あの長老でした。

「おお、よく来たな」

「そうか、愛ランドの歴史をね。地図にない国、愛ランドであるから、もちろん君達の書には、僕等の歴史は綴られてはいまい。いや、その存在すら知られていないのだから、当たり前の事さ。ワッハッハ」

「はい、ここにこんな島があろうとは誰も。この近辺は〝魔の海〟として語り継がれていますが、誰も何も知りません。故に、人々のロマンを誘うところではありましたけれど」

「まあ、おかしな事」

「うん、それでいいのだ。人々に知られぬ存在だとしても、人々の夢を誘うところとして思われている。それこそ、この愛ランドの存在価値と言えようよ。この島は、人々のかなぐり捨てた夢を拾い集めて、大事に大事に育み育てる愛ランドとして、秘かに大洋のただ中にたゆたうごとく在るのさ。〝心ある者よ、どうか来たりて愛を伝えるメッセンジャーとなっておくれ〟と、呼びかけながらな。かつて客人は、何度かあった。しかし、真のメッセンジャーと成り得た者は、ほとんどいなかったようだ」

一瞬、長老の顔にかげりが見えました。

エリックは、遠慮がちに聞きました。

「と、言いますのは？」

「我々は皆、この島を誇りに思っている。素晴らしいところだと思う。訪れた客人の誰もが〝楽園を見つけた〟と言うほどにな。して、また、誰もが羨《うらや》み、自分の手中に収めたいという欲望にかられてしまうのさ。困ったことに」

そこまで話すと、長老は少しの間、遠くを見据えるようにしておし黙っていましたが、またとつとつと語りだしました。

「なあ、エリック。この島も以前は、しかと皆の前に姿を現していたのだよ。大海にポッカリと浮かび、静かに訪れる人を待ちながら。それは、オアシスだった。来る人を拒まず迎え入れ、優しく癒《いや》しては、返してやるのを役目と心得てな」

そして、孫のコニーに視線を向けけました。

「コニー、お前もこっちへ来なさい」

☜

「ここを通り過ぎれば、後は季節風に乗ってほんのひと航海だ」

「天気は上々。まずは無事、関所を通過させてもらえそうですね、キャプテン」

昔からこの近辺は、海の難所として知られていました。季節の変わり目には決まって凄まじい暴風雨が吹き荒れ、もう沢山の船が海の藻屑となっていたのです。

「アァ」

キャプテンはそう答えたものの、なま温かい風を肌に感じて、小首を傾げました。

〈I'll back to my home―〉

ジョンは、すでに鼻歌まじりです。

「フンフン――フンフン――」

反対にキャプテンは、鼻をならして何かを嗅ぎ取ろうとしています。

「何ですかキャプテン。犬みたいに」

そこにケリーが、船底から上がって来ました。

「ああ、ケリーか、何か感じないか？」

「何を？　おやぁ？」

老練なケリーも何か嗅ぎ取ったようです。

「うん、ケリー」

キャプテンは直ちに皆を部署につかせました。

先ほどまでの快晴の空から一転して、不気味な雲が重々しくたれ込め始めています。

すでに、嵐は目の前に迫っているようです。

「南々東に進路を取れ！」

キャプテンは速やかに指令を下します。

「ケリー、ジョンに代わって舵を！」

慌ただしく船内に伝令が飛びます。その間にも嵐は、コンチタ号を捕らえようと、ものすごい様相で迫ってくるのです。

「逃げるが勝ちだ。全速力で行けー！」

「いいかー、嵐と競争だぞー！」

「ハイッ！　キャプテーン！」

必死でパワーアップにかかります。

「もっと出ないかあー」

「駄目です！　荷物が重すぎて――」

既に、コンチタ号は嵐の中に巻き込まれていました。

「いけない！　船底に水が――」

「ポンプをもってこーい！」

「船が傾いてるぞ！　荷物を固定しないと――」

「駄目だ！　水は増える一方だ――」

「荷物を海へ投げるんだ――」

船内はてんやわんやの大騒動。もう誰一人、キャビンで震えて肩を寄せ合っている幼い二人の子供がいたことなど、思い出す者はいませんでした。


「うーん、まーぶしーい」

ゲイリーは頭をもたげ、顔をしかめて辺りを見回しました。

海水がピタピタと足元を濡らしてゲイリーを目覚めさせたようです。

「あれっ、ここは――」

何がどうなってしまったのか、ちっとも思い出せません。

「あっ、ジョ、ジョイスは？――」

だんだん正気を取り戻してきました。

ジョイスは少し離れた砂浜に打ち上げられて、気を失っていました。

「ジョイス！　大丈夫――」

痛む足をひきずって駆け寄りました。

「ジョイス！　ジョイス！」

しかしジョイスは、ピクリともしません。ゲイリーは両手を広げて海水を汲んできて、そっと顔にかけてみました。何度か繰り返すうちに、やっとブルッと身震いしてジョイスの瞳が開きました。

「よかったー！」

まだ何が何だかわからずに、キョトンとしているジョイスを、ゲイリーはぎゅっと抱きしめ、助け起こすのでした。

「僕達、助かったんだよ！」

「船は？　お船のみんなは？――」

今や嘘のように静まり返っている大洋には、何一つ見いだすことは出来ません。

「嵐の海、無事抜け出せたといいのにね」

「うん、そうだね、ジョイス」

二人は、心からそう思うのでした。

「ジョイス、歩けるかい?」

「ええ」

「じゃ、行ってみよう」

二人は互いに支え合うようにして、砂浜に続く緑の島の中に進んで行きました。

「ようこそゲイリー! ジョイス!」

さっと絡まりあっていた蔦がほどかれて、二人は緑の園に招き入れられました。

「まあ、ゲイリー。素敵なところ!」

「本当だ!」

小高い丘の麓に広がる緑の園に花は咲き、川が流れ、泉が湧き、木々からは小鳥のさえずりが聞こえてきます。

「こんにちは——」

誰かいそうな気がして、大きな声で呼び掛けてみました。

「サワサワ、ようこそ、ようこそ!」

風が答えてくれました。

「誰もいないのかなあー」

「でも、誰かが優しく包んでくれてるみたい」

「そうさ。ジョイス、ゲイリー」

チョロチョロ、水が、囁きました。

「ゲイリー、聞こえなかった？　やっぱり誰か、どこかにいるのよ」

「う～ん。ワーッ、美味しそうな水だ！」

ゲイリーは小川に駆け寄ると、ゴクンゴクンと音をたててその水を飲みました。

「たくさんおあがり」

「えっ?!　ジョイス、今何か言ったかい？」

びっくりして、ゲイリーはジョイスの方を振り返りました。

「ううん。私も、飲もーっと」

喉が潤いホッとすると、今度は急にお腹《なか》が空いているのに気がつきました。

「ねえ、お腹《なか》がす――」

二人は同時に同じ事を言い出して、お互い顔を見合わせて大笑いしてしまいました。

「アッハッハ、ジョイスもかあ～」

「ウッフッフ、ゲイリーもね～」

「だって昨日の昼から、食べてないんだぜ」

「本当、何か探してみましょ」

「うん、行こう――」

しげみから歓声が漏れてきます。その島は自然の恵みに満ち溢れていましたから、二人は難なく飢えを癒《いや》す事が出来ました。お腹《なか》の整った二人は、島を見て回り、格好の寝場所を見つけ出しました。

「ねえ、今晩はここで――」

「うん、待ってろ――」

ゲイリーは、枯れ草をかき集めてきました。

「まぁー、枯れ草のベッドね。素敵！」

「OK。これでよしっと」

「ありがとう、ゲイリー」

「お休み、ジョイス」

「お休み」

幼くして両親を失い、転々といろいろな人のところに回され、散々辛い思いをしてきたゲイリーとジョイスは、港町の教会で出会いました。それでも、教会の家に貰われてきてからは、やっと平安の時を得た二人でした。

一足先にその家にやって来ていたゲイリーは、ジョイスが来てからは幼い彼女をかばって、まるで兄妹のようにして仲よく暮らす事が出来ました。二人はとても幸せでした。

しかし、その幸せもそう長くは続きませんでした。神父さんのはからいで、ゲイリーはセントルイスの、ジョイスはボストンの養父母に迎えられる事になったのです。手はずは整えられ、二人は貨物船の船長に託されて見知らぬアメリカへの旅の途中だったのです。

船がアメリカに着けば別れなければならない二人でした。嵐の恐さより、別れの辛さに、キャビンの中で手を取り合って震えていたゲイリーとジョイスでしたから、一緒に暮らせるなんて夢のようだと思いながら、床についたのでした。

「おはよう！」

「オハヨウ！」

小鳥達が、二人が目覚めるのを待てずに、起こしにやって来ています。

「おはよう、早いんだね」

「行こうよ」

「うん！」

すでに、ゲイリーもジョイスも、島のみんなと仲よしになって、自由に話が交わせるようになっていました。

「おはよう！」

「オハヨウ！」

二人が行くところ行くところ、みんな、大喜びで話しかけてきます。

その日二人は、一日がかりでヤシの葉でふいた家作りに精を出しました。

「これで、スコールが来ても大丈夫だね」

「ええ。ゲイリーは何でも知っているのね。驚いちゃった」

ジョイスは、尊敬の眼差しでゲイリーを見つめました。

「独りぼっちだったから、本ばっかり見てたんだ。だからさ。嬉しいな。ここでだったら、本で知ったこと、何でも出来ちゃうんだもん」

ゲイリーは、楽しくて、楽しくてしょうがないという風に言いました。

「ジョイス、明日は水場作りだ」

「カマドも作らなくちゃあ」

「そうだね」

二人は、こうしてコツコツと、自分達の生活を築いて行こうとしました。決して急がず、無理をせず楽しみながら、謙虚に島の仲間と交わっていきました。ですから島のみんなの好意を受けて、いつしか二人は、その島に生来、住んでいたかのように、生き生きと暮らすようになっていました。

幾度か年を重ね、二人は立派な男と女へと成長していきました。

自然が成すがまま、ゲイリーとジョイスは結ばれ、今ではルナとサニーの二人の子供の親となっています。

彼らのあくなき努力で、島の生活もその頃までには何不自由ないものとなっていました。と言っても決しておごる事なく、慎ましやかにして自然をそこねることなく、自然の中にすっぽりと包み込まれるようにして、日々の営みを続けるゲイリー一家なのです。

嵐の過ぎ去った浜辺で、ルナとサニーの姉弟が遊んでいます。

「ねえサニー。あれ何かしら?」

ルナが沖合いに何か見つけました。

「――――船、かな?」

二人はジーッと目をこらして、しばらくの間見つめていました。

大洋の彼方に、木の葉のように漂っているのは、たしかにボートのようです。

「うん、ボートだ。きっと嵐で――」

「救命ボート?　でも、人影なくってよ」

「ぼく、行って見てくる――」

サニーは海に入り、もう抜き手を切っていました。

「私も――」

ルナも泳ぎはお手のもの。二人はすぐに、そのボートのところまで泳ぎ着きました。

「まあ！」

二人は、顔を見合わせました。

ボートには水夫らしき男を中心に、二十人程の男女や子供が折り重なるようにして倒れていたのです。

生きているのか、死んでいるのか、わかりません。

「とにかく島まで連れて行って――」

「うん、そうしよう」

二人は、渾身の力を込めて舟を曳航し、浜辺まで辿り着きました。

「ぼく、父さん呼んで来る――」

サニーは疲れも見せずに、駆けて行きました。

一方ルナは、帽子に海水を汲んで注ぎかけ、懸命に舟の人達の蘇生を試みるのでした。

塩垂れた草が生き返っていくように、死んだようになっていた人々の顔に生気が戻ってきていました。

「ルナ、どうだい?」

「あっ、父さん」

「よしよし。うん、もう一息だ。さ、サニーは、足を持って――」

三人は、てきぱきと介抱を続けていきます。

「おっ、目を開けたぞ」

「わー、よかったあー」

「母さんのカリンの酒だ。ルナ、少しずつ口に注いであげなさい」

プーンとかぐわしい香りが、辺りに漂います。

ルナはそーっと一口ずつ、カリン酒を流し込んでいきます。

喉に滑り込んだ美酒は、萎えた身体をたちまちのうちに蘇らせていくかのようでした。

今や、ボートの全員が息を吹き返し、ジョイスの整えたベッドにおさまり、やっと人心地を取り返していました。

「なんと私達は、運がいいんだろう」

「本当だ、あのままだったら、日干しになってしまっていたに違いない」

「それにしても、随分と流されて――」

水夫のジムは、ポケットから磁石を取り出して見ています。

「ジム、ここは一体どこですか？」

舟の人達は、水夫の答えを待ちました。

「いやーそれが――」

ジムは首を捻りました。この辺はたしか無人島ばかりだと聞いていたのにと、返答に詰まったのです。

「小さな島だけど、なかなかだわ」

蜂蜜を振る舞われ、干し草の寝床に萎えた体を横たえていた人々は、元気を取り戻し、急に饒舌になっていました。

「よかった、よかった。みんな元気になって」

そこへゲイリーがやって来ました。

「おかげさまで、元気を取り戻す事が出来ました。なんとお礼を言ったら――」

「まあまあ。何はともあれ、向こうに行って皆で食事を共にしながら話しましょう」

ゲイリーは、皆をダイニングテーブルへと案内していきます。

「さあさ、どうぞ」

大きな木の下にしつらえたテーブルには、山の幸、海の幸で作られたご馳走が並んでいました。

「ワーッ、見事なものですね」

皆、こんな小島で歓待を受けようとは、思ってもみなかった事でした。

「もういいわ。二人ともいらっしゃーい」

「ハーイ」

「ハーイ」

かいがいしく母親の手伝いをしていたルナとサニーは、勇んで飛んで来ます。二人は、嬉しくてしょうがないのです。

「さあ、お客さまに、お客さまを寄せてくれた海に、感謝をして！」

皆が席に着くと、ゲイリーはグラスを持ち上げました。

「乾杯《トースト》！」

「乾杯《トースト》！」

「まるで夢のようです。ありがとう、助けて下さって」

「本当に、何とお礼を言ってよいのやら」

「私達は、ほんの少し手を貸しただけ。助かったのは、この愛の島があったからです」

「愛の島？」

「私達もそうでした。この島に助けられ、身も心も解放されて、自由に生きられるようになったのです。それも、この愛に満ちた島の導きがあったからこそと思うのです」

「〝愛の島〟ねぇ」

「そうです。妻のジョイスと私が――その当時はこのルナとサニーぐらいのほんの子供でした――名付けたのですが、以来私達はここで、愛に包まれ、愛を育み育ててあげていくことに喜びを感じて、生きてまいりました。おかげでこうして、いつ客人がみえても困らないようになりました。どうぞ、気のむくままお過ごし下さい」

「感激です。どうか私どももここで共に、その――愛を、育ませて下さい」

「お願いしましょう。ねえ、みんな」

皆、ゲイリーの話にいたく感動していました。

「お願いします！」

「おねがいします！」

「どうぞ、どうぞ。この島は、誰のものでもありません」

ゲイリーは言いました。

「そうです。どうぞ、ご一緒に愛の島を育んで下さいな」

ジョイスも口をそえました。

「ワーッ、嬉しいなあ、姉さん」

「本当！　よかったわね、サニー」

「ほら、子供達もこんなに喜んでいます。皆で、もっともっと楽しい愛ランドにしていきましょう」

「ありがとう、ゲイリーさん」

「島も賑やかになるな」

「本当に」

〝パチパチパチ〟

思わず拍手が起こりました。

そういう事で、救命ボートの総勢21人は、愛ランドに受け入れられたのです。

ゲイリー一家に学んで、皆、各々に新たな暮らしを始めていきました。

島の風土にもすぐに溶け込み、愉快に伸びやかに暮らす事を覚えた人達で、島は次第に華やぎを見せていきます。

いくつかのカップルも生まれました。

ルナもサニーも、今では立派な成年に達し、よき伴侶を得て、可愛い子供を持つまでになっています。

時は知らぬ間に、巡りめぐっていたようです。

「まあまあ、ママに似てグレイスの美人になってきたこと。コニーも大きくなって――」

おばあちゃんはしみじみと、孫娘を見て言うのでした。

「ああ。今や、はや二世、三世の時代だ」

「本当に。けれど変わらぬ豊かな愛ランド。嬉しいですわ。誇りに思いますよ」

ルナとサニー一家が、両親のシルバー・ウエディングを祝いに来ていました。

「母さんの言う通りだ。君達の子供達が大人になって、その子供達が大人になった時も、変わらぬ愛の島であろう事を。今日の日のプレゼントに、約束してもらえないかね」

ゲイリーは冗談めかして言いました。

「はい父さん。皆で努力します。ねえ、サニー、ジミー？」

ルナは弟に、そして夫のジミーに、同意を求めました。

「もちろんですとも。父さん母さんの思いは、代は変わろうとも、永久に受け伝えられていく事でしょう。僕たちはそう信じます。ねえ、兄さん？」

サニーは力強く言いました。

「ああ、もちろんさ。どうか、父さん母さん、いつまでも見守っていて下さい」

ジミーはルナとサニーに、そして両親に向かって言いました。

「嬉しい事を。なあ、母さん」

「本当に！」

「どうだね、山に登ってみないか？」

ゲイリーの思いつきで、それから皆は小高い丘へピクニックに出かけて行きました。

環礁に護られてポッカリ浮かぶ緑の小島は、その日もいつもと変わらぬ平和なたたずまいを見せていました。

「ごらん。こんなちっぽけな島だけど、人々の豊かな生活が出来るのも、この緑なす大地があればこそだ。いつまでも友達でいなければ駄目だぞ。支配しようとした時、その友好関係は損なわれ、お互い惨めな思いをすることになるのだろうよ」

心のある風は、そのゲイリーの言葉を、遠く遠く、海の彼方まで運んでいきました。しかし、どれだけの人が、それを聞き取り得たでしょうか。世の中は進み、その頃、人々は空をも駆け始めていました。

人知れず南の海にポッカリ浮かぶ愛ランドに、ある日、一機の飛行機が落ちてきました。

〝ドシーン、ズズズーーー〟

緑の絨毯はそのあまりの重さに耐えかね、少しばかり擦り切れてしまいました。しかし、機体はどうやら護られたようです。

突然空から降ってきた巨大な落とし物に、人だかりがしていました。

「――人がいるぞ。大怪我をしている――」

「――早く助け出して、手当をしなくては――」

男は、頭中にぐるぐる包帯を巻かれ、病院のベッドに寝かされていました。

「おやっ、ここは？」

「気がつきました？　まあ、駄目ですよ。もう少し横になっていなくては」

ルナは、起き上がろうとする男を制して言いました。

「お怪我にさわりますよ」

「なに、これしきのこと」

男はルナを押し退けるようにしてベッドから抜け出し、大急ぎで長靴に足を入れ、上着を掴み、それでもちょっとルナに会釈をすると、部屋を飛び出て行きました。

ルナは、呆気に取られ、その姿を見送るばかりでした。

そこへ、娘のグレイスがやって来ました。

「ママ、何をポカーンとしてるの？　あらっ――」

「無茶なのよ。止めるのも聞かずに、飛び出して行ってしまったの――」

「歩けるくらいだったら、大丈夫よ。ママ」

「そうね」

ルナは皆に、男が目覚めて出て行ったことを告げました。

「ああ、それはよかった。たいしたことなかったに違いない」

「きっと一人で、そっとこの島を見てみたかったのかもしれない」

「そうですよ。そのうちに不安も取れて、皆の前に顔を出す事でしょう」

心優しい島の人々は、広場のテーブルに、男のためにそっと食べ物を置いてあげるのでした。

一方、痛む頭を抱え込むようにして出て行った男は、飛行機を捜しにかかっていました。

「さあ早く帰って、報告をしなければ！」

耳をそばだて、きょろきょろ落ちつきのない目で辺りを伺いながら、男は、なにやらブツクサ言っています。

「こんなところに、基地とは――」

どうも、何か勘違いしているようです。

生い茂った草の間から、銀色の機体が見えかくれしています。

「オッ、あった、あった。これはうまい具合に、すぐ飛べそうだぞ。さすが、俺さまの腕はたいしたものだね」

緑の絨毯が護ってくれたのも知らず、男は一人息巻いています。

「ウン、よし。だが飛び立つのは夜になってからの方がいいだろう。それまでに、島中つぶさに調べあげておこう」

男はコソコソと、人の目を掠めて歩き回りました。

「なんだ、秘密基地ではないのか——だが、めっけもんだ。この島は使えるぞ！」

この男は、一体何を考えているのでしょう。

夜に入って、広場の食べ物を失敬し、腹ごしらえすると、男は人知れず島を飛び立っていきました。

翌朝、人々は空になったテーブルを見て、また、親切にも食べ物を置いてあげました。けれども、もうなくなるはずはありませんでした。

人々が草原に落下した飛行機が消えていることを知ったその頃、海の向こうでは、あの男の報告をもとに、恐るべき相談がなされ始めていたことなど、誰が想像し得たでしょう。

ただ、ゲイリーだけは、これから起ころうとしていることを予感して、何とかしなければと考えあぐんでいました。

「もう時間がない。急がなければ――」

ゲイリーは立ち上がると、山に向かって歩き始めました。山頂に着いたゲイリーは、遥か彼方に視点を向けると、全神経を集中させるかのように目を閉じました。

「うん、懸念していた事が――やはり――」

彼には、はっきり見えました。島から逃げ帰った男の報告にもとづき、格好の秘密基地用地が見つかったとばかりに基地建設計画が練られ、この愛ランドに軍隊が乗り込んで来ようとしているのです。

「これは一大事だ。せっかく皆で築き上げてきた愛ランドが、滅茶苦茶にされてしまうぞ。この島は、我々だけのものではない。愛の島として人々のよりどころとなっているはずだ。それが消し飛んでしまったら、この世は、どうなる――。人々が投げ捨て、置き忘れられた愛を呼び寄せ、育み、育てて送り返してやろうとしているのに。それを受け取るどころか、潰しにかかるとは──」

ゲイリーはこの世の全ての人のために、この愛ランドを留めておかなければと思いました。次々と轟音を響かせ、空軍基地を飛び立った編隊は、すでにそこまでやって来ていました。

ゲイリーは目を見開き、空を仰いですっくと立つと、何かを念じ始めました。その時、不思議な事に、愛ランドの上空を中心に、四方八方に濃い霧が発生し始め、たちまちにして愛ランドは、すっぽりとその中に包み込まれたのです。

「ヤヤッ、前方に霧が出てきたぞ！」

「なに、かまうもんか。突き進め！」

「ＯＫ。行くぞ！　オヤッ?!」

「どうした？　オイ、ロジャー──」

「どうもおかしい。方向を見失った──」

「アレッ──こっちもだ。レーダーが──」

「ケリー、お前もか――。と、とにかく、霧をかわそう――」

「わかった。いけない！　燃料が――」

やっとの事で霧の壁をかわして脱出したものの、機はすでに全ての燃料を使い果たし、真っ逆さまに海面に向けて落下するばかりでした。突然飛行不能となった先発隊の三機の様子に、司令室は驚き、慌てて応答を求めます。

「駄目だ！　聞こえないらしい」

「電波障害かな？」

「どこかで、強力な磁力が働いてるみたいだ」

「レーダーが狂って、方向を見失ったみたいだ。ヤヤッ、一、二、三機とも、レーダーから消えてしまった！」

「緊急指令発令！　緊急指令発令！」

「至急捜索機を編成の事。海軍にも応援を頼んで、海上からも捜索せよ。繰り返す、海上からも捜索せよ。いいか！」

その後、慌ただしく飛び立った捜索機も、突然湧き上がった霧の壁に行く手を阻まれ、追い払われるようにして、次々と基地へ空しく引き返して来ました。

「どうしたどうした？　天下の空軍が――」

「駄目です！　何か不思議な力に阻まれて――無理に突っ込むと、危険です！」

「どうもあの近辺に近づくと、シャッターが降ろされるみたいに、突然濃い霧が、湧いてくるんです」

「海軍の方からは、何か入ったか？」

「ハイ。飛行機の消えた付近まで行ったそうですが、逆巻く波風に航行不能となったとのこと」

「何たることか！」

「いやはや、不可思議な事もあるもんだ」

「まさに、不思議千万！――」

すっかりお手あげとなっていました。そしてしばらくして、行方不明となった三機の捜索は、未解決のまま打ち切られたのでした。残るは謎のみ。以来、その辺一帯を飛行する事も、航行する事もタブーとされるようになっていくのです。また、冒険野郎が禁を犯して近づいて行く事があったとしても、必ずといっていいほど押し返されるか、引き込まれて、行方不明となっていくのでした。

こうして愛ランドの平和は、守られました。しかし、それ以来、愛ランドは、人々の前に姿を現す事を、拒むようになってしまったのです。


一方愛ランドでは、大地を踏みしめてすっくと立っているゲイリーのもとに、人々が集まって来ました。すると霧は、湧き出た時と同じように、アッと言う間に消え去っていったのです。

ゲイリーは、何事も無かったかのように、いつもと変わらない静かな微笑みを皆に向けました。

「この島を愛し、この島に生きる事に誇りを持てる皆であり続ける限り、この愛ランドは、永久《とこしえ》に君達を温かく包み込んでくれるであろうよ。何が起ころうともな」

厳かに語りかけるゲイリーの言葉は、人々の心に沁み渡りました。

人々は何かが起こり、自分達は愛のシェルターの中に留められ、護られているのを実感してはいましたが、濃い霧の外で展開された騒動の顛末まではまったく知り得ませんでした。

けれども、知ろうとも知りたいとも思いません。ただ人々は、ゲイリーの言葉に含まれている全てを汲み取ろうと、そのことだけに心を砕くのでした。

愛ランドはこうして、永遠に〝愛の島〟として留められる事になったのです。

大洋にポッカリ浮かぶ愛ランドは、もはやどんな大きな地図にも決して表される事はないでしょう。

けれども、心ある人にはその存在は明らかでした。愛の源泉として大切にしたいと思っていました。そして多くの人達に、愛の島のある事を知ってもらいたいと思っていました。

もちろん、愛ランドの人々は皆、そんな心ある人々の来訪を心待ちにしています。いいえ、愛に飢えた人、愛に破れた人、誰でも温かく包み込んで、癒《いや》して、愛を持たせて帰してあげようとしているのです。

身を乗り出さんばかりにして長老の話に聞き入っていたエリックは、感動でしばらく言葉もありませんでした。

そんなエリックに、長老は優しく言いました。

「聞く耳を持つ者は幸いだ。かつ、心で受け止め得る君であったことを、ワシは感謝しよう。君は、長いこと愛ランドの人々の待ち望んだ〝メッセンジャー〟に成り得るだろう。心の目で見、聞き、感じることの出来る君であった事に、感謝するがいい」

エリックには、おぼろ気ながら、自分に託された人々の願いがわかりかけてきました。自分がどれほどに、愛ランドの人々の思いを伝え得るのかまったくわかりませんでしたが、今感じているこの溢れんばかりの愛のいくばくかでも、伝えていければいいのだと思うのでした。

☜

Ⅶ　心の源泉

「ジェニファー、お願いがあるんだけど」

「なあに？　エリックさん」

「うん。君、もう一度、あの泉の水を僕に汲んで飲ませてくれないか？」

「ええ、喜んで」

ジェニファーは母親のグレイスが差し出す銀の杯を掴むと泉に走り、なみなみと水を汲み入れ、しずしずとエリックのもとに運んできました。

「ありがとう、ジェニファー！」

ジェニファーにそっと口づけをし、杯を受け取ったエリックは、その杯を皆の前に掲げ、いかにも美味しそうに飲みました。

「エリック、もう行くのかい？」

名残惜しそうに、人々はエリックに握手を求めて来ます。

「はい。でも、僕の役目が少しでも果たせたら、また戻って、今度こそずっと、皆さんと一緒にこの愛ランドに住まわせてもらえたらなと思っているんです」

「ああ、それがいい。いつでも戻っておいで、待ってるぞ」

長老が言いました。

「はい。必ず、やりとげたいと思います」

「待ってるよ、エリック！」

「楽しみにしてる。早く帰って来られるといいな」

皆、心からそう思うのでした。

「ありがとう皆さん。きっと僕、僕――」

銀の杯を高々と持ち上げて皆の好意に答えるエリックは、少しばかりセンチメンタルな気分になっていました。

そんな彼を見て、グレイスが言いました。

「エリック、もしよろしかったら、記念にその杯をお持ちなさい」

「本当ですか、グレイス」

エリックはびっくりして聞き返します。

「ええ、どうか愛ランドの思い出を大切にして下さい」

「ありがとう。大事に大事にします。この杯を眺めては、皆さんのこと、懐かしく思うでしょう――」

感激に言葉を詰まらせたエリックでしたが、また、とつとつと話し始めました。

「ジェニファーの汲んでくれた、あの泉水の味が忘れがたく、最後にもう一口と所望したのでした。決して、皆さんのことは忘れません。この愛の泉の味も。それは、私の心の源泉として、今また、確かに私の泉に汲み入れられましたから――」

「うん、そうか。その泉の枯れぬ事を祈るとしよう。しかし、もし渇きをおぼえたら――」

長老はエリックの持つ銀の杯に軽く手を添え、さらに続けました。

「泉の水が飲みたくなったら、エリック、この杯に口づけをするがいい。杯は、直ちに泉の水で満たされるであろう。けれど、無闇に口にしては駄目だ。君の心の泉を、渇いた人に飲ませる事もせずに。いや、それを忘れて渇いたと言っても、この杯に泉の水は満たされないであろうよ。与えることなくして、満たされることはないのだ。それだけは、よく覚えておくがいい」

「私には、この杯を見るだけで、心が潤される思いです。口にせずともよいよう、祈っていて下さい」

「そうだ、エリック。皆で祈っているよ」

「ありがとうございます」

「さぁ、杯を飲み干して」

〝ゴクリ〟

エリックは、何かが心の底までグイグイ染み込んでいく思いを感じていました。

「よしよし、これで君の心に、愛の泉の水は蓄えられたに違いない」

まるでエリックの心の中を見たかのように、長老は言いました。

「はい」

エリックは、大きく頷いて答えました。

「さあ、行くがいい。これは、愛ランドの憲章だ。君を、この愛ランドの仲間の一員と認めて、はなむけに進呈するとしよう。いつまでも我々の仲間でいたかったら、この憲章に従って生きることだね、エリック」

長老は、懐から一片のタパ（樹皮布）を取り出し、エリックに与えました。

信ずればこそ！

人、もし信ずるを知らずば哀し。
疑いて人に臨めば、
人、また、疑いて汝に対す。
信ずればこそ、
人、安らぎを得ん。

神は、生きとし生けるもの全てに
あまねく愛を授けし。
人、神を
信ずるを知れば

その愛を得ん。

きみ、人を信じ
神の御業《みわざ》を敬い
ただひたすらに愛に生きよ。
愛をもて愛に生きよ。
人、信ずるを知るは幸いなり。

人々の口ずさむ、その愛の憲章に送られて、エリックは愛ランドを飛び立って行きました。

エピローグ

時は進み二十一世紀も、早や二〇年を数える頃となっていました。

かつて、〝魔の海域から生還〟などという話を人々は聞いた事がありませんでしたから、エリックの『愛ランド紀行』は、一時世間を賑わしていましたが、そのブームもいつしか終わっていました。

けれどもエリックは、そんな事にはおかまいなくフライングドクターとして、仕事に励みつつ、愛のメッセンジャーたらんと、日々、勤しむのでした。

一方、ゲイリーは、そんな頼もしいエリックの姿を、遥か彼方から望み見て、秘かにエールを送り、見守り続けていました。

著者プロフィール

二神 徳子（ふたかみ とくこ）

静岡県出身
『愛の詩』で第21回コスモス児童文学新人賞受賞
『愛のメロディ』で第24回コスモス少年少女小説児童文学新人賞受賞
【著書】
『ジョーイ・幸せの落とし子』（2002年／文芸社）

愛ランド紀行 ―バミューダ・トライアングル―

2020年12月15日　初版第１刷発行

著　者　二神 徳子
発行者　瓜谷 綱延
発行所　株式会社文芸社
〒160-0022　東京都新宿区新宿1－10－1
電話　03-5369-3060（代表）
03-5369-2299（販売）

印刷所　株式会社フクイン

©FUTAKAMI Tokuko 2020 Printed in Japan
乱丁本・落丁本はお手数ですが小社販売部宛にお送りください。

送料小社負担にてお取り替えいたします。

本書の一部、あるいは全部を無断で複写・複製・転載・放映、データ配信することは、法律で認められた場合を除き、著作権の侵害となります。

ISBN978-4-286-22169-4